ら・その他

岸野昭彦

七月堂

ら・その他

岸野昭彦

目次

―― B（私の小宇宙論）――

ら・その他

―A（旅・ら）―

生きる

ついに　失われたものがあって
その後に立ち尽くす日々
しかし　そのような日々のあろうはずもない
陽は傾き　陽は硬く傾き
その下を滅びつつある野鼠の生まれ続けるしかし
碑
の空白　として

移動する樹木の重ねられる非の歳月を空白　として
あるいは
接続詞は単独では夢見られない
にせよ夢見られない日々の不透明な連続で
あるにせよ
ヒカリが襲う星屑たちを別の名で呼べあるいは
不治の病　と呼ぶにせよ
支えよそして
立て
そこに
季節は無数の敗北する連続であるにせよ
空白を支えつつ

しかし

眼を開くと　眼のなかに在る　朝
触れる
というおどろき

（絶滅までの）
すきとおる　夜明けの青い大気にふるえているもの

墓碑

墓碑を読めばあきらかなように、そこには死者たちの時間がながれている。それを仮象の時として（つまり私たちの時を仮象として）ものごとは運ばれてゆく。（あたかもそのような時間があるかのように。）スフィンクスを運ぶ時間とともに、今世紀も動いてゆく。

二〇年前（仮にそうしておく）の一人の男の死を墓碑は刻んでいる。私たちは捨てないと告げる。墓碑という償い。あるいは、墓碑という迷《まよ》い子。あたかもその死がなかったかのように「墓碑の脇で」女は咳をする。失われたものは何もないかのように。

（墓碑はすでに立っている。あるいは墓碑はまだ立たない。いずれにしても、墓碑はすでにそこに立って咳をしている。）

風の中で鳴る一枚の墓碑。それが含むものは、たとえば無としての砂漠。あるいは砂漠としての無。墓碑の中の砂漠を走る風と、墓碑の外側を走る風には落差があるが、その差異を通してもう一種の風が発生している。横断する境界。思えば、砂漠も墓碑も境界を形成する。いや、何ものも、境界／速度として発生していないものはない。

墓碑。万物は幻となってそこに立っている。あるいは、墓碑という幻になって。つまり、墓碑はつねに走っている。

うしなわれた仕掛けがあって、それがもうどこにも回帰不能な場所に設けられていて、そこを、不毛な毛布を着込んだ駱駝が走る。そして、駱駝に乗ったまま男も女も風となって走っている。

旅

頁の白い余白、から光りはじめている薄い旅を、こぼれる滴を伝うように、そう、壊れていくのだ、私は。錆の浮いた匙とともに「世界の美は増大する」。旅は小さな壊れとして少しずつ曲がりながら書き込まれていくが、旅の途中に海はなく、「頁の白い余白」と書き込まれたそこに旅は発生している。

髪を風に溶かしながら旅は続く、そんな現象を旅として肯定しよう。なめらかな頬をめぐる冒険、を頭に描きながらまがいものの「海」に溺れる。

遥かなものへ、到達するという淡い音楽。驚くほど深い空気があると自覚する。「世界はけっして存在するものではなく、世界として現出するのだ」（ハイデガー）。その戸惑い。つまり、そこに湧出してくる世界に私は滑らかな曲体となり、放られている。

「歓然酌春酒
　摘我園中蔬*」
という陶淵明の詩の明るさを否定している午後二時という私の現象。そう「頁の白い余白」に記述する私の明るさは「午後二時」と記述する私の韜晦のうちにある。

そこに到達するまでの距離に厳然としてある旅という惰性態。悲しみはひとつの本質だが、「私」は本質でないと知ったいまの悲しみがちぎれつつ「私」を生み出している。恣意性に委ねられた「午後二時」が崩れつつ現出しているのだ。

私がいまここにこうしていることを知っている人はいない。ここにそう記述することはそこにいることではない。記述という明るさ。私はいまちぎれとなって現出しているのだ。

開かれてあるもの。等身の漂流となり、ただうすい拡散状の惨劇、となってそこに留まるもの。もはやそこになく、しかし、そこに在るもの。

＊陶淵明「読山海経　其一」の一節。
「蔬」は野菜のこと。

ら

美しいかけら。ら。かそけきひびき。うなだれる透明なひかりをはこぶもの。または、もぬけのから。方舟、のもののかたち、からもとおく。

ら。裸形の人差し指、のゆくえを追え（消せ）。あるいは、跪く黙禱にそよぐ唇の音階の、上滑りな現在を消せ。

火を消せ。海を、生まれることのない蝶番の順番待ちの瞬間を消せ。ちいさな音韻を壊しながら、つまずいている、ささやかな欠片に落ちている風景はとおくひくく、

ひびく。

消えていくものは見ることも聞くこともできる。しかし、海全体は見えない。宇宙全体も。語りえたものは対象化できたものだけである。
（しかしなお、そこにある語りえなかったものの不在。

あるいは、語りえたもののうちにもある、不在。（たとえば、「海」という語のうちにある、無数の海の不在。）

しかし、にもかかわらず、どこにもないもの・ところを目指して人間は行くのだ。「自然が生命としてあらわれることは、自然が、それ自体対象として分析可能な範囲を逸脱するものであるように思われるからだ*。」

分離とともにはじまる過剰（不在）。いや、やわらかな位置としての倒錯。いずれにしても、人間だけが「無意味」というものをも生み出したのだ。

ためらうこと。ふりむくこと。触れること。ふたしかなことにふみとどまること。ふみとどまる勇気を汲みつづけること。踏まれることの痛みをふしぎがること。ふさいではならない。笛の音を。笛を吹くことを。耳を。口を。風を。

人間の尊厳について私は考える。どこにもないもの、について。

あるいは、音、の尊厳。譜面の尊厳。負の尊厳。不在のものについて。
私は暇人である。ゆえに、暇人の、尊厳について。

すみやかに疾走する螺旋の果ての休暇。の空間になだれている微細な困惑とともに私は発生している（と思う）。

うつくしく、なまめかしく匂い立っている予感を秘めながら、つつましく些細な動詞をゆめみつつ暇人は思う、〈無限大の宇宙の中に人間が生きているというよりも、人間のちっぽけな「自我」が、無限大の宇宙を発生・発見させているのだ。自我がなければ「無限大の宇宙」は出現してこなかったし、出現していないだろう〉。

ら。美しいかけら。この地上にはないもの。しかし、どこにでも微塵のように無数に満ちているもの。かすかなかけら。ら。

＊小坂修平「思考のレクチュール2　生命のざわめき編」から。

「魚」という引用

たとえば、「魚」という引用がある。「魚」はもちろん魚そのものではない。魚という言葉、ないしは概念として「魚」はある。（水が逆流する、ということはある。魚は溶ける。だが、「魚」は溶けない。溶けえないものとして「魚」はある。）

それはすでに忘却を含んでいる。忘却という構造を含むことによって「魚」は魚たりうる。

そして、もはや魚に戻れない以上、「魚」はかすかな思い出、柔毛のような記憶、としてそよいでいる。とおい日の内側にめくれていく唇のような開き……。（そよぐしかないだろう。旗のように。という喩をすでに凡喩と見なす倨傲が「魚」を貧相なものに貶めている。魚ではないもの、生身でないもの、すでに私らの記憶のうちにしか存在しえないもの。あるいはむねのにぶい疼き。たとえば、死者。あたりめとも呼ばれた干からびた一枚、など……。)

旗のようになびく死者——。いずれにせよ、死者はずれ、ずれである。魚そのものではなく、徹底的な外在性、またはその無化へと置換されていく、その複製。または徹底的な内在性へと貶められていく、その漸落の現象化……。

(痕跡にこだわること。だが、なぜそれが痕跡なのか。むしろそれは本質と呼ばれるべきではないのか。始源により近いもの。いや、匂いすらなお包摂するもの。魚状の、または鱗状の。ただ決して魚ではないもの。つまり、魚以上に魚自身であろうとする……。）

数万年後に接面するかもしれない魚と「魚」との延長について思いをめぐらしてみること。たぶん、それは一種のしみ、のようなものとしても現象化しえない。（だが、そのようなものをこそ予兆と呼ぶべきではないのか。）たとえば、その化石の硬い鱗状の痕跡は「失われた海」の記憶を派生させる。だが、派生させられた海は波を固着化させるが、それは波そのものではない。つまり、死者に凝縮された交換価値のうちでかろうじて魚は「魚」

として超越する。

「魚」はとおいのだ。そのとおさによってかろうじて魚の在処を滲ませているが、忘却されていくのはあるいは魚ではなくて海、しかも断片化された、一枚の濡れた旗のような海、ではないのか。（私は過ぎていく一枚の、旗のような海を聴く。あるいは、私という現象から一枚の海が泳ぎ出すのを聴く……。）

相互に連関するがゆえに「魚」は魚に還流しつつしかも

構造のうちで魚の発生を挫折させている。それは接面のない飛翔であり、それを引用とも病とも旗とも呼ぶことは可能だろうが、たぶん、そこで私もまた激しく揮発し、上昇しているのだ。

誕生

少年たちは日々狩りに出かける。しかし、獲物はないのだった。

（獲物、という観念はどこか弱者に似ている。獲物が弱者なのか、獲物がない少年たちが弱者なのか。どちらにしても〈獲物〉という観念は信仰に近い熱いものを生み出すのだった。）

獲物が存在することで少年たちは欲望と化す。たとえばコンビニの脇の自動販売機のすぐ傍らを鳥が黒髪のように疾走し、しかし、少年たちはそれに気づかない。（風か。いつか俺は狩りに出かけるだろう。）

あるいはまた、ある雑誌に載っている女優K・Wの半裸体写真を見る時。それは「彼方への視線」と名づけられているが、そのページに鳥は飛んでいない。（しかし少年たちは「彼方への視線」の先に、鳥を見るだろう。）

〈少女から女へ――。隠す腕の後ろで交叉している白い

肉体――〉

（夢見がちな彼方へ向かって視線は絶たれている。というより、弱者は空間に浸されることによって視線へと変形されてしまう。）

少年の飛翔。または、不在の弱者としての、彼方へと疾走していく視線。（あるいは少しずつ陥没していること。虚無そのものでなく、虚無へ向かうことで。）

（排水管をくわえて、暗い地下室を少女たちがながれて

ゆく。少女たちが夢見る、その地下室の中を、少年たち
は日々狩りに出かける。）

誕生。

弾道学について

遠くへ去っていくオカラよ
故里は弾道学に明け暮れていて
ペケポンの蠍座、海老座、という暗黒の火を
消せない
（文法も消せない　海老座／蠍座という無と有との差異も）
何万光年も彼方で光る
弾道学（または、海老座）

とオカラとの差異はどこにあるか
（オカラは光らない、から？）
つるべ落としの古い町角で故障している喪服の人は
理解不能、
死には論理性が内在していないから、町角にも。
あるいは、ゆえに
町角と愛との差異を灰を燃やしながら語るのは
熱い弾道学だ
文法もまた念力する灰、そこの無力な仮説を組み立てながら
〈五月雨や　無力な人と　岩清水〉
から苦節何世紀弾道学はよじれ「はるかな幽閉」を生む
何万光年も彼方で光る、と

凡庸な饒舌、美学は滅びない、と
とととと　戸に口はたてられない
耐えられない口は戸をやぶり
ステテコの下の海老を束の間脚の間
でなく葦の間から臨む
のはゆがむ笑顔の正しき正座が海老を星座へと
導くことだ
支離滅裂な（文法も消せ！）　しかし
夜よ、饒舌な暗黒な口よ
海老座はどこにあるのですか混同する蠍座という暗黒の火を
消しても消しても消せないのはそれは愛ですか？
それともステテコ？　あるいは不死身の正座

おごそかながらんどう
を抱え束の間脚の間に立つ者よ、
それが人間と呼ばれる者であるにせよ
または「かならず死すべき者」と呼ばれる者であるにせよ
オカラとの差異はどこにあるのですか?
オカラほどにもろく　耄碌している
もうロクでもない存在者はもう遠くへ
(……消えたのか)
文法が　小高い丘のうえで暗がっている
目線を垂直に割る案山子はすでに新幹線の闇を飛ぶ
(時間も飛ぶのだ)
岩清水でなく、抱擁でなく、埋葬でもなく

唐突な砲筒　弾道学という放埓は
「しかし、なんにも　ならなかったね」（しかし）
ストレート・パーマかけて、飛べ
海老座
オカラでなく、弾道学

＊

（ここにはないものとしての）渇きと忘却
をなにかしらつたえて

見えない（ここにはない）つたない温度をつたえてくる
そのかすかな　かすれ
ている
置き換えのきかない偶然

産声が聞こえる

うすいきず　ほのかにうかぶ火　なだれているのはよわ
い触手　じてんしゃの車輪の回転するひかりとも紛れる
束の間の　息のような　あなたのその譲歩　（産声が聞
こえる）　あゆむことをゆずることの　その非行の高さ
がいまあなたにおよばない域を　おちていく　ことのあ
きらめきれない　なぐさめきれないしかしたしかにおち
ていくものを名づけようとして　わたしはしばしたじろ

ぐ　その単線の姿勢を　およぐ人をわたしはあらためて
推す　あるいは躓く　なだれるということのひとすじの
審議を

くちびるをとざして　なだれていくひかりをてのひらに
うけ　すこしあおぐ　さりげない混迷の蝶　をわずかば
かりの水　あるいはきょうの日の泥　あるいは2万年後
のわたしの息として揺曳させながらどこへ　とは問わな
い瑣末なひかりを「異常さというものをおよそ含まな
いそういう」腹部をなだらかになぞるゆびさきのよう
に　飛ぶ　わたしは飛ぶ　ひかりを　淡さとは薄さで

はなくほころびること　どうにもたじろぐことのない
導線をみずから生み　海のしめやかさに昏睡するように
淡い比喩を生涯として生きるおとこのように

去っていく　（産声が聞こえる）　なだらかな起伏を波と
呼ぶにはおそすぎる波動をあなたはうみながら　風が
通過する言葉をつむぐように　どこかでのけぞってい
く甘い構図があなたであるという起点を消滅させるこ
と《もうとっくに消滅している　だから》という錯覚
を生まないために　だから　いっそほころびること　あ
るいはほころびることへの憧憬はむしろいのちとしてそし

て　そう　そのおぼろげな導線から　拒みつづけるその
到達を　そう　走りつづける　そのひとすじのひかり
へ（産声が聞こえる）　ひかりへ

B（私の小宇宙論）

その宇宙について語る前に

風を投げ入れた瓶に揺れている咳
果実がみずみずしく精密な咳をするころ
紙はさらさらと擦れ違っている
無音の火事へ
僕は唐突に失明している

詩を書こうとする
しかし　きみに素顔があることの不思議
髪も頬も舌も
雷鳴がとおくひびいている
磁針について語ることも　桃の暗部で開かれていく眸も
音楽を生むこの湾の傾きも
欲望を無防備に開いた紙片の上では　戸惑うばかりだ

紙の埃をふるわせながら
一本の樹の立つ小宇宙にも
さざなみは寄せている

視線は幾つもくつがえるが
たった一本の樹が立つためにも
一つの宇宙が必要だ
だが　その宇宙について語る前に
僕は稲妻の美しさに見とれるだろう

とおいよるの淵から

とおいよるの淵から
そうっとたどりついたたましいのようなちぶさを
にぎりしめて
とおいうちゅうの
はてしもないひろがりはきみのしろいからだとかさなり
きみはもうただぼくの思考《パンセ》のなかにだけそんざいし

しかし　きみはしっとりとぬれた若いひとづまだから
きみはよるのようにおりてきて

しろい脛《はぎ》はあぶらぎっておもくぬめり
ぼくはかたむいているよるをちきゅうのようにだきしめて

いや　移動する春夏秋冬ですら
このうちゅうではあまりに微小なくうかんをしめるにすぎず
(あめはふってもうちゅうをうるおすにはあまりにも微量で)

はっせいする雲も　無数の森を駆けぬけるたいふうも
すきとおったきみの汗も
このうちゅうではあまりにびしょうな現象にすぎず

はなびらすうまいほどのものがこぼれ
あめがふる　ぼくのなかを
四季がうつろうなみだのようなぬまも
きみも
このうちゅうではほとんどそんざいしないにひとしいのだから

ぼくのてのひらのなかのちいさなちぶさ
からもぼくはひきはがされていくが
このちぶさのなかにうちゅうはある
そうおもいながら
そうおもいながらぼくはいまちぎれていくところだ

遭遇

ゆっくりと暮れていく空
暮れていく秋の庭
妻はそこにほっそりと明るみを集めて立ち
光にぬるんでいる
傾いていく時のままに　生まれてくるものはあり
また滅びていくものがある
その絶え間ない美しさ

に私はゆれている

飛鳴に絡まり疾駆していく黒い鳥影
その小さな影にすら移っていく春夏秋冬の
短い歓びが
〈生〉を生み出してきた何百万年もの深い時の累積が
潜んでいるだろう――
と淡く感傷に身をゆだねながら
妻とならぶと
妻の唇から
歌が悲鳴のように小さく流れている

庭の植物たちの呼吸
庭の鉱石たちの沈黙
空をゆく雲や光や風といった気象
庭をめぐるつぎはぎだらけの思考はつぎつぎに綻び
凡庸な私をめぐる〈世界〉を構成する

古い歌の
なかでうたわれた〈少年〉はながい旅に出て
そのまま還らない

そして私はこの〈世界〉を構成する曖昧な一点に立ち
小さな罅割れを修復し
幾たびか飛礫を発し
〈不在〉をめぐって駆けぬけてきた
そうして今は　この夕暮れの中で
私はただ妻にだけ遭遇しているのだ

小宇宙論

《銀河系からもっとも近い星雲はアンドロメダ星雲、銀河系から二百万光年離れたところにある。この星雲の光は二百万年かかってわたしたちのところまで届くのだ。ひっくり返して言えば、アンドロメダ星雲を見上げている時、わたしたちは二百万年前の過去を見ているのだ》

J・ゴルデル『ソフィーの世界』（池田香代子訳）

私たちは忘れていた

ガンジス河の岸辺の草のひとそよぎが聴こえない　この秋
東アジアの岸辺に弓なりに曲がる島の
その片隅の庭で飲酒する私
（永遠　という巨大な時間の中で
短い　一瞬に過ぎ去っていくこの〈時〉
を美として捉えることはできないか）

漂う光の向こうで
妻が笑いながら振り向いている
（風は妻の耳朶をもよぎっていくのか
ほつれ毛は数万年前の風をも渡ってくるのか）

風の破片　となって揺れる植物の息の
氾濫
とともに漂流する空間を私たちは移ろう
あわあわと綿毛たちが浮動していく方向では
不在の植物たちが溜まったまま溶けている

（私に達するものは何もなく
しかし　何もかもが私に届いているだろう
《自己とはむしろ自己自身との内的な差異であり

自己自身を限りなく超越している脱自態である*》

風の低みに
花の流れとともに蜂たちの影もうつり
私と妻はこの小宇宙に遊ぶ

*木村敏『自己・あいだ・時間』より引用。

私は宇宙を引用し

庭でビールを飲む　このひとときのあかるさ
世界に黄昏がある不思議
蜜蜂たちは古代の〈時〉を滑空しそのまま
きょうのこの庭を横切っていく
(もうそれが見えなくなってしまった人もいるのだ)
人はなんのために生きるか

世界の陰影が　ビールグラスの縁をうつっていく
藪の縁は虚像を生んで　明るい影が上下する
呼吸する迷路
という曲線状の欲望が　内側へ　さらに内側へ
と自壊している

ゆるやかに風にながされてくる羽虫たちの影
ゆっくりと遠ざかっていく幼年の日の白い帽子
「濛濛花雨時*」を夢見つつ光線を昇る植物たちの息吹――

私は宇宙を引用し
宇宙は少しだけ私を呼吸していくだろう

＊貫休「春山」の一節。花雨は、春雨のこと。

冬の呼吸

六歳の陽子はすこしずつはずむように庭をあるく。あしのゆびさきにふれてくる土のにおいにそまりながら、耳は聴く空気のよわい呼吸を。眼にこすれてくる風の気圧を。「そこに腰かけてよおとうさん、庭の隅にまだ見えない芽がいっせいにふきだそうとしているわ、まだ見えないわたしがどこにもない大気に……」

ちいさな肩からつたわってくる呼吸のやわらかなふくらみ。そしてうすいおもみにしずんでいく骨のかすかなふるえ。髪を編むひとときのあかるさからそこに寄せている風のしずかなうねりを聴く。その息を聴くおさない耳のやわらかな色を。またはなつのおわりのかたつむりのちいさな触角の湿度を。はるの空をひょうりゅうする綿毛たちのうすい息づかいを聴く。

ちいさなむすめのしぐさを書きとめたノートに。（私はそれをかつて二冊の詩集にまとめたのだ。）ゆっくりと繰りかえされるこのふゆの呼吸を私は書きくわえるわたしのふゆのいちにちをこのつつがなく繰りかえされるひとときの飛沫を。この小さな詩「冬の呼吸」と題して。

（黄ばみかけた写真のむこうがわでひっそりとたわむれている〈はる〉。そこでは私は妻とおさないこどもらとともに失踪している。まだふうけいに消滅はおとずれず庭は庭のまま混沌とした小宇宙に〈わたしたち〉を編んでいる。ようねんの庭にまぼろしの葉裏はにぶくひるがえり陽はとおく起伏しながら私の額を移動しつづけている。）

73歳のおめでたき私は夢を見る

あなたと。

ここにこうして夜明けを待つぬくもりにふれながら、花びらの散っていく光を見つめていると、もう、気がとおくなる、光は双六のようにふくよかな曲線を描いて、(指とゆび、を秘め事のようにむすんでいる地平が明るんできてぬるんできて)夜明けの気配がただ気配のままいつまでもしずかにぬかるんでいる、ゆるやかに漂うこのひと時の光をどこまでも追いつづけることはできないのか。あるいはそれは老いつづけることだとしても。

錯誤のあかるさ、を追い、あるいは負い、なだれていく。風景は「無意味な徒労にしかすぎまい」にせよ。

ゆるんでいく頭のなかに素足でふみいれる、夜明けのうすいひびきを廃墟の、そう、もうここにはないもののひびきを追う私の今７３歳は、１万年後にはもう薄い墨ですらないだろう朦朧とてんぷくする……

＊

あなたと。どこまでもながれるちろちろとながれる、れれれ、ろろろ、るるる廃墟の川を渡って、わたりきれないちゅうちょを蝶（光）がとぶそのぜつめつまでのすきまをそよと、かすかに飛ぶ、ふわわ

《7月4日（きみの誕生日）
きみとめぐり会う日々

時は過ぎ去っていくが
きみはいつも還ってくる　私の元へ
この　風にひかる　夏の木々の緑の中を

私は素手のままで世界を掴む
無防備に笑う　きみの横顔を小宇宙として
（それを　私は見つめている　この〈時〉の明るさを）》

そよぐことのひびきを。
「青いビー玉」のような強い言葉を。

あなたのちいさな挨拶を。
語れ。そして、

（1万年後の、明滅するあなたへ
伝えよ。）

*

もうここにはいない
あなたと——。
（たとえあなたはここにいても、あなたはやはりここにいないだろう。）

飛び立とうとする、蝶（光）という名の幻影。幻影とい
う名の……。私はほんとうはどこに行きたかったのかあ
ふれてくる（ということ、をか）。

風の落下
にふくまれる、
火（光）の迷い。火（光）のさそい。（と言っていいの
か。）あらがう、

語ることの無意味を、いや、意味を、
（廃墟は、
（廃墟は、いつも時間の外、（現在）にあるのだから）

この。うつくしい廃墟（白）の。空白の。澄んでいくあかるさのひと時を。（おぼろな光に託して。）そして、どこまでも、どこまでもはしりつづける、あなたの素顔の（ふわわ、るるる、りりり……
懸命な懸垂を信じて、（あるいはそれをおそれ、）

……あなたと。

ここにこうして夜明けを待つぬくもりにふれながら、花びらの散っていく光を見つめていると、もう、気がとおくなる、光は双六のようにふくよかな曲線を描いて、

(指と……

もう、天の蝶さえ、おぼろで
(……おめでたき私の夢はつづくのだ)

今日という時間

雲を見ている。しかし、私がここで雲を見ていることを、誰も知らない。青い空に、キリンのかたちをした雲が浮かび、ゆっくりとながれていく。とおいものが、とおいままに私の心に触れ、そのキリンも首のあたりからすぐにかたちを崩し、どこへともなくちぎれていく。

はなびらがながれていく。しろいはなびらが雲のかたちをしてゆるやかに散り、またいつの間にか青い空がもどってきている。

なにもない空に、白雲がおとずれていて、ふしぎなかたちをえがきながら何もかもがまた消えていき、ただ時間だけがのこっている。そんな気もする。雲のなかにある私という存在。または、私のなかにある、雲という存在。誰もいない部屋にひとりでいて、それがさびしいのかどうか、よくわからない。

……しかし、風はどこから来るのだろう。子供の時分、今日のような少し風がある時にはよく考えたものだ。ずうっととおくから。それもただ空間的にとおいだけでなく、時間のとおい彼方から。そう、たとえば一万年も二万年もとおい彼方から。あるいは、もっとずうっと以前の、十億年も二十億年も昔から、地球の幼年期といわれた頃から、吹き続けているのかもしれなかった……。そんな大昔に吹いていた風が、古代シダの葉をそよがせ、恐竜の頬を撫で、さらには雪と氷におおわれた地球の表面をわたり、今この部屋に吹き寄せている、そんなふうにも考えられるのだった。人の命だって、そんなふうにして現代にまで、何代にもわたって続いてきたのではなかったか。

私という微小な存在。私はたしかにここにいるが、しかしやはり私はここにいないのではないか、という思いがかすかにある。

庭に大きな木槿（むくげ）の木が見える。白い花々が、ゆるやかに光のなかにゆれつづけている。一日花だが、夏の間は毎日咲きつづけるのでずうっと咲いているようにも見える。（漢名の木槿花（もくきんか）が、韓国ではたしか無窮花（ムグンファ＝永久の花）に通じると愛されていたはずで、今日の私がこの花を見ているにせよ、昨日の私もまた見ていたのだし、去年の私も、一昨年の私も、やはり夏の間はずうっとこの花を見ていたのだ。）

花のある今日という日は、このまま消えていく。しかし、「今日」は木槿の花を開かせながら、永遠につながっている。いや、永遠を生み出しながら、「今日」は花のように開いているのだ。

岸野　昭彦（きしの　あきひこ）

一九四七年、東京都生まれ。
一九八三年、第二一回現代詩手帖賞受賞。

詩集
『水の記憶』（思潮社）
『春・小宇宙』（ミッドナイト・プレス）
評論集
『「桃太郎」の宇宙誌』（詩学社）

ら・その他《た》

二〇二〇年 一一月 一日 発行

著　者 岸野《きしの》 昭彦《あきひこ》

発行者 知念 明子

発行所 七 月 堂

〒一五六―〇〇四三 東京都世田谷区松原二―二六―六

電話 〇三―三三二五―五七一七

FAX 〇三―三三二五―五七三一

印刷・製本 渋谷文泉閣

ISBN 978-4-87944-416-5 C0092